W0374713

Cartouche

Le secret du Lorrain

Cette histoire est tirée du dessin animé
Cartouche, Prince des faubourgs, épisode 5 :
« Le secret du Lorrain »

Idée originale d'Éric-Paul Marais et de Philippe Duchêne
Scénario original : Frédéric Lenoir
Réalisation : Xavier Giacometti

Une production STORIMAGES - XILAM ANIMATION / M6 / TPS JEUNESSE / VIF
© 2000, STORIMAGES – XILAM ANIMATION /
M6 METROPOLE TELEVISION / TELETOON / TPS JEUNESSE /
VIF FILMPRODUKTION GMBH & CO ZWEITE KG
et VIF FILMPRODUCTION GMBH & CO DRITTE KG
Maquette : Fabienne Vérin

Pour la présente édition :
© 2011, Bayard Éditions
18 rue Barbès, 92128 Montrouge Cedex
Tous droits réservés. Reproduction même partielle interdite.
Dépôt légal : février 2011
ISBN : 978-2-7470-3469-2
Loi 49 956 du 16 juillet 1949 sur les publications destinées à la jeunesse.

Texte de Christophe Lambert
Illustrations de Diane Le Feyer

Cartouche

Le secret du Lorrain

bayard poche

1

Guet-apens

Un soleil voilé de nuages se levait sur la capitale endormie. On n'entendait aucun bruit dans les rues... sauf un tintement, comme si quelqu'un entrechoquait des objets en métal.

– Mais ça pèse une tonne, ce sac, se plaignit le Lorrain à voix basse. On aurait mieux fait d'embarquer un tableau.

Cartouche, le célèbre voleur, ouvrait la voie, suivi de près par son fidèle compagnon. Il portait un lourd sac, lui aussi.

– Il est plus facile de revendre de l'argenterie que des tableaux, répliqua-t-il.

La somme ainsi récoltée serait ensuite distribuée au peuple de Paris. Cette pensée aurait dû réjouir le Prince des faubourgs. Cependant, il avait l'air soucieux et jetait alentour des regards méfiants.

– Qu'est-ce qui ne va pas ? demanda le Lorrain. On dirait que tu t'attends à voir le diable en personne surgir au détour d'une ruelle.

Cartouche se gratta le menton avant de répondre :

– Tout est trop... facile. Ce bourgeois qui annonce à qui veut l'entendre qu'il part en province pour quelques jours. Cette maison où aucun domestique ne monte la garde. Et l'argenterie bien en évidence, comme si on nous la servait sur un plateau... Je n'aime pas ça.

Soudain, une silhouette tout de noir vêtue jaillit de la pénombre.

– Le Lorrain, à nous deux ! cria l'homme.

Il brandissait une épée. La haine déformait ses traits déjà enlaidis par une vilaine balafre.

– Tiens, mais c'est ce cher Falconi, ironisa le Lorrain.

C'est gentil de venir nous donner un coup de main.

Le jeune noble laissa tomber le sac pour dégainer son épée. Il eut tout juste le temps de parer le premier assaut. L'homme en noir était déchaîné.

– Monseigneur, c'est trop tôt, gémit un individu encore caché dans l'ombre.

Cartouche fronça les sourcils. Il avait reconnu la voix nasillarde de Demachault, le chef de la police. Une seconde plus tard, des hommes en uniforme accoururent des deux extrémités de la rue, confirmant ses craintes. Les soldats du guet portaient hallebardes, piques et épées. La silhouette trapue de Demachault sortit d'un renfoncement.

– Attrapez-les ! braillait-il, surexcité.

Cartouche avisa un toit descendant en diagonale à moins de deux mètres des pavés. Il ramassa le sac du Lorrain, le jeta avec le sien sur la soupente et, d'une brusque détente, se hissa au même endroit.

– Viens ! conseilla-t-il au jeune noble.

Celui-ci ne semblait pas décidé à abandonner le combat. Il ferraillait de plus belle avec Falconi. Les deux adversaires faisaient cliqueter leurs lames en enchaînant attaques et ripostes avec une remarquable dextérité.

– Pars devant, Cartouche ! répondit le Lorrain. Je te rejoins. Juste une petite affaire à régler...

Il réussit une esquive audacieuse qui força Falconi à mettre genou au sol. Les soldats s'approchaient des duellistes, leurs armes agressivement pointées. Le Lorrain profita de la chute de son ennemi pour sauter à son tour sur le toit. Falconi bondit derrière lui, tel un fauve rageur, et attaqua de nouveau. Une passe d'escrime rapide s'ensuivit. Les tuiles glissantes et l'angle pentu du toit ne facilitaient pas la tâche aux deux adversaires, mais ils semblaient s'accommoder avec talent de ce terrain délicat.

– Tu aurais dû me tuer il y a dix ans, quand tu en avais l'occasion, cracha Falconi. Si tu avais poussé ta lame un peu plus loin...

– Mon pied avait dérapé, plaisanta le Lorrain. Et puis cette balafre te va si bien !

Pendant ce temps, les soldats essayaient de les rejoindre. Moins souples que les voleurs et Falconi, ils en étaient réduits à se faire la courte échelle. Leurs hallebardes les gênaient. Ils pestaient et juraient comme des charretiers.

Cartouche aperçut une écurie, juste à côté de la maison sur laquelle il se trouvait. Prenant son élan, il sauta sur ce toit voisin, puis, sans lâcher son butin, il se laissa glisser à terre.

De son côté, le Lorrain était en mauvaise posture. Les soldats avaient fini par grimper sur la soupente. Avec Falconi face à lui et les hommes de Demachault dans son dos, il était coincé.

– Tu ne m'échapperas pas, cette fois, siffla le balafré.

Un bruit de sabots martelant les pavés fit tourner la tête aux combattants. Cartouche avait enfourché un cheval fougueux et sortait de l'écurie au grand galop.

– Désolé, Falconi, dit le Lorrain, mais nous allons devoir remettre cet entretien à plus tard...

Sa phrase à peine achevée, il se jeta dans le vide et atterrit en croupe, derrière les sacs et Cartouche. Celui-ci talonna les flancs de sa monture pour la faire accélérer. Deux soldats qui voulaient leur barrer le passage furent renversés comme une paire de quilles, et les fugitifs disparurent au premier tournant dans de grands éclats de rire.

Falconi était blême. Le chef de la police, quant à lui, avait arraché sa perruque pour la piétiner de rage.

Une fois de plus, Philippe d'Orléans, le Régent, avait convoqué Falconi et Demachault dans ses luxueux bureaux du Palais-Royal. Une fois de plus, il écoutait leurs excuses en faisant des efforts surhumains pour garder son calme. Le chef de la police était, de loin, le plus geignard du duo :

– Mais je vous jure, Votre Altesse, plaidait-il. Je les tenais ! C'est la faute de Falconi... Le guet-apens était prêt. Mes hommes attendaient mon signal. Il a tout fait rater avec ce duel stupide ! Il perd le contrôle de lui-même dès qu'il voit le Lorrain, c'est comme... comment vous dire, c'est...

– Je crois que j'ai saisi, l'interrompit le Régent. Vous pouvez vous retirer.

Demachault exécuta une série de révérences avant de sortir.

Philippe d'Orléans reporta son attention sur le sinistre personnage qui lui servait de bras droit.

– Votre haine du Lorrain a déjà fait échouer plusieurs opérations, dit-il.

Falconi resta silencieux.

– Répondez-moi franchement, continua le Régent. Pouvez-vous me promettre de renoncer à ce projet de duel ?

– Non, Monseigneur. Je regrette. Je ne peux pas faire ça.

Philippe d'Orléans soupira.

– C'est bien ce que je pensais...

D'un geste sec, il congédia l'homme en noir. Ce dernier sortit de la pièce sans un bruit. Un serviteur referma la porte derrière lui.

– Dans ce cas, vous ne me laissez pas le choix, marmonna le Régent.

Quelques jours passèrent. Philippe d'Orléans s'était réfugié dans son antre, un atelier secret situé au dernier étage du palais. Ainsi isolé, le maître du Royaume de France se livrait à son passe-temps favori : fabriquer des automates. Il assemblait des rouages et des pièces minuscules avec une patience d'horloger pendant des heures et des heures. Rares étaient ceux qui avaient le droit d'accéder à ce repaire. Le personnage qui se tenait

face au Régent faisait partie de ces quelques privilégiés. Il s'appelait Juan Monteiro. Ni très grand ni très costaud, ce barbu aurait paru insignifiant si ses yeux n'avaient pas brillé d'une intelligence froide et calculatrice.

– Oui, je connais bien Néro Falconi, Votre Altesse, acquiesça Monteiro. Il n'abandonne jamais sa proie.

Tout en continuant son travail, le Régent leva la tête vers son interlocuteur.

– C'est pour cette raison que vous êtes ici, mon brave. Un duel nécessite deux personnes. Supprimons le Lorrain et le problème sera réglé. Vous sentez-vous capable de mener à bien cette mission ?

– Oui, Votre Altesse. Mais il faudra agir à l'insu de Falconi. Je n'ose même pas imaginer sa réaction s'il apprenait que l'on veut le priver de sa petite vengeance personnelle.

Le Régent balaya l'air d'un mouvement de main.

– Faites votre travail. Je m'occupe de tenir Falconi à l'écart.

– Il me faut ces armes dont je vous ai parlé, reprit Monteiro. Ainsi qu'un document écrit de la main de Falconi.

– Vous les aurez. Soyez discret, c'est tout ce que je vous demande. Ainsi que de réussir, bien entendu.

Monteiro s'inclina avec un petit sourire.

– « Discret » est mon second prénom, Votre Altesse.

2

Une affaire d'honneur

Le jeune Freluquet était d'humeur joyeuse, en cette belle matinée de printemps. Cartouche l'avait chargé de remettre une part de son dernier butin à l'orphelinat du faubourg Montmartre, établissement tenu par des religieux. Ces derniers avaient accueilli le gamin à bras ouverts. Ils pourraient, grâce à cet argent, améliorer les conditions de vie de leurs petits protégés. Freluquet aimait aider Cartouche. Il l'admirait. Grâce à lui, il avait l'impression d'être utile. C'est donc heureux et le cœur léger qu'il revenait vers l'auberge du *Chariot d'Or*, quartier général du Prince des faubourgs.

Soudain, il s'arrêta de siffloter. Il avait cru entendre une voix plaintive.

– Ai... Aidez-moi...

Freluquet s'avança vers le porche d'où provenaient les gémissements.

– Par pitié. Je suis blessé...

Une forme humaine était tassée dans un coin. L'individu avait l'air mal en point. Freluquet fit encore un pas et se pencha vers le malheureux.

– Eh, m'sieur, qu'est-ce qu'il vous arrive ?

Sans crier gare, l'inconnu l'agrippa d'une poigne de fer. C'était Juan Monteiro !

– Hé, lâchez-moi ! s'exclama Freluquet.

Il voulut reculer, mais le sbire du Régent le tenait fermement. Deux hommes de main surgirent derrière l'enfant. Le premier le ceintura ; le second lui noua un bâillon sur la bouche. Monteiro se releva, époussetant ses vêtements.

– Messieurs, je vous retrouve tout à l'heure au lieu convenu, dit-il, un sourire cruel sur les lèvres.

Freluquet essaya de se débattre, mais cela ne servait à rien : il était bel et bien pris au piège !

Au même moment, Cartouche et ses amis fêtaient leur récent exploit, attablés autour de charcuteries et de perdreaux préparés par la patronne du *Chariot d'Or*, la veuve Richard. L'ambiance était détendue. Tout le monde riait et plaisantait... sauf Galichon.

– Cela fait au moins une heure que Freluquet devrait être revenu, marmonna-t-il.

Ce colosse, ancien galérien de son état, se comportait comme une vraie mère poule pour tous les cartouchiens.

– Ne t'en fais pas, sourit le Prince des faubourgs. Le petit connaît Paris comme sa poche. Il traîne en route, c'est tout.

– Oui, c'est de son âge, renchérit le Lorrain, la bouche pleine de pâté.

Un homme s'approcha de la table des voleurs. C'était Monteiro. Coiffé d'un chapeau à larges bords, il avait couvert son visage de beurre rance et noirci ses épais sourcils.

– Vous êtes Louis du Châtelet, alias le Lorrain ? demanda-t-il en s'adressant au jeune noble.

Surpris, celui-ci s'essuya les lèvres avant de répondre.

– Lui-même.

– On m'a chargé de vous remettre ceci.

Monteiro tendit une lettre cachetée. Le Lorrain l'ouvrit, la lut, puis se leva calmement et la posa sur la table. Son doux visage s'était durci. Cartouche n'aimait pas cette expression gravée sur ses traits, car il la connaissait trop bien. Le jeune homme prit son baudrier et son épée, jusqu'ici posés sur le dossier de sa chaise.

– Il faut que je parte, déclara-t-il. Je vous rejoindrai plus tard.

Fleur d'Épine, la seule fille de la bande, demanda :

– C'est encore Falconi ?

– Oui. Il veut en finir une bonne fois pour toutes.

– Je viens avec toi ! intervint Cartouche.

Le Lorrain secoua la tête.

– Pas question. Cela ne regarde que moi.

Il acheva de boucler son baudrier avant de lancer, avec une inhabituelle gravité :

– À très bientôt, mes amis... si Dieu le veut...

Il sortit à la suite de Monteiro, inconscient du danger vers lequel il se dirigeait à grandes enjambées.

Un bref silence flotta dans la salle, puis Fleur d'Épine se tourna vers Cartouche.

– Je n'aime pas ça, grinça-t-elle. Tu aurais dû l'accompagner.

– Et intervenir dans une affaire d'honneur ? Tu sais bien qu'il ne me le pardonnerait pas. De plus, le Lorrain ne craint personne dans un duel à l'épée.

– Personne, acquiesça sombrement la belle jeune fille. Sauf Falconi !

Le Lorrain avait pris place à bord d'une petite barque, qui fendait la Seine à contre-courant. Monteiro ramait sans ménager sa peine, aussi sortirent-ils assez vite de la capitale. Ils s'arrêtèrent sur les rives d'un hameau désaffecté qui avait dû subir de nombreuses crues par le passé. Les seuls habitants du lieu semblaient être des grenouilles dont les coassements s'élevaient en un concert ininterrompu. Des ruines aux façades borgnes et des digues rongées par les eaux du fleuve émergeaient des berges inondées. Tout ici respirait la tristesse et la désolation. La masse imposante d'un vieux moulin dominait ce sinistre décor.

– Drôle d'endroit pour un duel, maugréa le Lorrain.

– Désert et calme, Monsieur, siffla le barbu. Ainsi, vous ne risquerez pas d'être dérangés.

La barque toucha enfin le rivage et le Lorrain sauta sur la terre boueuse, pressé d'en découdre. Tout à coup, trois personnages à la mine patibulaire surgirent des ruines. Ils étaient équipés d'arbalètes. Le Lorrain jeta un regard à son guide tout en portant la main à la garde de son épée.

– Je ne goûte pas du tout ce genre de plaisanterie, dit-il.

Puis il reporta son attention sur le trio menaçant.

– Un bon conseil, Messieurs, ne me ratez pas.

Monteiro ricana :

– Je savais que vous réagiriez ainsi. Aussi, j'ai pris soin d'apporter quelque chose qui calmera sans doute vos ardeurs.

Il sortit de ses vêtements le chapeau de Freluquet et ajouta :

– Conseil pour conseil, je vous suggère de me donner votre épée... Si vous tenez à revoir le jeune garçon vivant, bien entendu.

– Freluquet ? Que lui avez-vous fait ?

Monteiro ne répondit pas, se contentant de sourire et de tendre la main. Le Lorrain hésita, puis, la mort dans l'âme, détacha son baudrier. D'un geste méprisant, il le remit au vil personnage, sans oublier son épée.

– Si jamais vous avez touché à un cheveu du petit..., commença-t-il.

– Allons, allons, siffla Monteiro. Nous sommes entre gens de bonne compagnie, mon cher.

Le jeune noble serra les poings et les mâchoires. Il était réduit à l'impuissance... pour le moment ! Surmontant sa colère, il se laissa pousser à l'intérieur du moulin aux vieilles pierres mangées par le lierre et la mousse humide. Les hommes de Monteiro ouvrirent une trappe incrustée dans le plancher, à un endroit où l'on avait déblayé des gravats. Le Lorrain descendit les marches

disjointes sous la menace des arbalètes. Freluquet était en bas, au milieu des sacs de blé pourri. Des rats se dispersèrent en entendant grincer l'escalier en bois.

– Freluquet ! Tu n'as rien ? Ils ne t'ont pas fait de mal ?

– Non, ça va... Je suis content de te voir.

Le Lorrain leva les yeux vers la trappe où se découpait la silhouette de Monteiro.

– Où est Falconi ? demanda-t-il.

– Falconi ne viendra pas, Monsieur. En fait, il ignore tout de votre présence ici. Et quand il l'apprendra, ce sera trop tard.

– Si c'est moi que vous voulez, relâchez au moins le petit !

– Ce serait avec plaisir. Mais j'ai pris l'habitude de ne jamais laisser de témoins derrière moi. Adieu, Messieurs...

La trappe se referma, puis l'on entendit une lourde dalle glisser sur le panneau avec un grincement lugubre.

3

Pacte avec le diable

Les cartouchiens avaient passé l'après-midi à chercher Freluquet dans tout Paris, des bas-fonds jusqu'aux quartiers les plus huppés. Ils se retrouvèrent au dernier étage du *Chariot d'Or*, en début de soirée, pour faire le point sur la situation.

– Personne n'a vu le gosse après son départ de l'orphelinat, annonça Galichon, plus tendu que jamais.

– Hum, ça devient mauvais, grogna Cartouche. Cette fois, je crois qu'il lui est arrivé quelque chose.

Soudain, la veuve Richard arriva affolée :

– Il faut partir en vitesse ! Falconi et les soldats du guet fouillent le quartier !

– Quoi ? s'écria Cartouche. Falconi est avec eux ? Mais alors... Cela veut dire que le Lorrain a échoué...

Il secoua la tête énergiquement et reprit :

– Non, je ne peux pas le croire... Pas le Lorrain !

Le Prince des faubourgs était bouleversé et ne s'en cachait pas. Il considérait chacun de ses compagnons comme un membre de sa famille et aurait sans hésité donné sa vie pour n'importe lequel d'entre eux. Galichon fit craquer ses doigts en grognant :

– Falconi va devoir nous fournir quelques explications.

– Oui, mais pour cela il faudrait pouvoir lui parler seul à seul, marmonna Cartouche. J'ai un plan !

Moins de cinq minutes plus tard, un détachement de soldats aux ordres de Falconi se pressait à l'entrée du *Chariot d'Or*.

– Ouvrez, au nom du Régent ! beugla l'un des hommes en armes, en tambourinant à la porte.

Un sifflement strident fit se retourner les militaires et leur chef.

Ils découvrirent alors la silhouette gracile de Fleur d'Épine dressée à l'autre bout de la rue.

– Qui veut essayer de m'attraper ? lança la jeune fille.

D'un geste, elle invita les soldats à la poursuivre. Comme ces derniers hésitaient, Falconi jeta :

– Ne la laissez pas filer !

La moitié du détachement s'élança vers la belle rousse qui avait déjà pris ses jambes à son cou. Falconi demeurait en faction devant l'auberge, en compagnie des soldats restants. De nouveau, on entendit un coup de sifflet. Cette fois, c'était Galichon qui narguait les forces de l'ordre depuis une autre ruelle.

– Ramenez-moi ce balourd, soupira Falconi.

Les autres soldats se mirent à courir à leur tour. Galichon s'engouffra dans le labyrinthe du centre-ville en éclatant de rire.

Falconi était seul, à présent. Et pas très rassuré. Il commençait à regretter d'avoir ainsi dispersé ses forces. Si les autres cartouchiens se trouvaient dans l'auberge, ils allaient lui donner du fil à retordre.

Tout à coup, une silhouette athlétique sauta d'un toit et se reçut avec grâce sur les pavés.

– Cartouche, fit le balafré d'une voix blanche.

– Lui-même, répliqua le Prince des faubourgs en se redressant. Tu vas payer pour ton crime, Falconi.

L'homme en noir afficha une expression sincèrement intriguée.

– De quel crime parles-tu ? questionna-t-il, la main sur le pommeau de son épée.

– Ne joue pas à ce jeu-là avec moi. Prépare-toi plutôt à te défendre. Je ne laisserai pas la mort d'un ami impunie.

Falconi gronda :

– Tu m'énerves, vaurien ! Je ne sais absolument pas de quoi tu parles !

– Ah oui ? Et que dis-tu de ça ?

Cartouche lui montra la lettre adressée au Lorrain. Falconi s'en saisit et la parcourut des yeux.

– C'est un faux, décréta-t-il, catégorique. Je n'ai jamais écrit cela !

– Tu mens.

Falconi prit une profonde inspiration, comme un professeur agacé par un élève un peu lent.

– Si j'avais tué le Lorrain, ne crois-tu pas que je m'en serais déjà vanté auprès de toi ? Je t'assure que le jour où cet heureux évènement arrivera, tu seras le premier informé, Cartouche…

Falconi avait marqué un point. Cartouche grimaça :

– Alors quelqu'un d'autre a attiré le Lorrain dans un traquenard ! Et la disparition de Freluquet est certainement liée à tout ça…

Cartouche avait déjà fait volte-face et était prêt à partir à la recherche de ses amis pour leur annoncer la nouvelle quand la voix de Falconi l'arrêta net :

– Une petite seconde ! Si on s'est servi de moi pour piéger le Lorrain, alors c'est une affaire qui me concerne également… Je viens avec toi.

– Toi ? Non, merci ! Je n'ai pas envie de finir avec une lame dans le dos.

– Si tu désires retrouver le Lorrain, je ne suis pas sûr que tu aies le choix.

Un sourire machiavélique se dessinait sur les fines lèvres du balafré.

– Pourquoi ? s'impatienta Cartouche.

– Parce que je *sais* qui a écrit cette lettre.

La curiosité du Prince des faubourgs était piquée. Falconi mentait-il ? Difficile à dire.

– La trame de ce papier est unique, continua l'homme en noir en caressant la feuille parcheminée de l'extrémité de son index. On n'en trouve qu'à Salamanque. Et je connais un forban de la pire espèce qui est originaire de cette ville. Un mercenaire qui se vend toujours au plus offrant. Il s'appelle Juan Monteiro.

– Impressionnant. Un ami à toi, je suppose ? ironisa Cartouche.

– J'ai déjà travaillé plusieurs fois avec Monteiro, en effet. Mais je n'ai aucune estime pour lui. Cet homme est un lâche, une vipère qui fait ses coups en douce et n'affronte jamais ses ennemis face à face.

– Si tu le connais, tu dois savoir où il se cache ?

– Possible. Suis-moi, Cartouche, et je te le dirai peut-être.

Le Prince des faubourgs resta un instant indécis. La prudence lui conseillait d'attendre ses amis. À l'heure actuelle, ils avaient sans doute déjà semé les soldats du guet. Mais si Falconi disait vrai, il fallait suivre cette piste toute chaude... Coupant court à ses réflexions, le balafré agrippa la gouttière qui courait le long de la façade du *Chariot d'Or*, puis il se hissa sur le toit à la force des bras.

– Attends-moi ! cria Cartouche.

Sa décision était prise : au diable la prudence !

Falconi courait comme un chat sur les toits de la capitale. Rompu à cet exercice périlleux, Cartouche le rejoignit en quelques secondes. Ils progressaient tous les deux à un rythme régulier, sautant de bâtiment en bâtiment, leurs silhouettes se découpant en ombres chinoises sur fond de soleil couchant.

– Il y a un moulin en ruine sur les berges de la Seine, révéla l'homme en noir. Je sais que Monteiro s'en est déjà servi pour maquiller certains de ses crimes.

– Je te conseille de ne pas te moquer de moi ! grommela Cartouche.

Son ennemi juré marqua une pause, se retourna et le fixa droit dans les yeux.

– Pour l'instant, nous avons les mêmes intérêts, dit-il.

Puis il bondit au-dessus du vide, atterrit genoux fléchis sur le toit d'à côté, et ajouta à mi-voix :

– Oui, mon cher Cartouche... Pour l'instant...

4

Un souvenir tragique

– Allez-y ! jeta Juan Monteiro.

Sur son ordre, deux hommes donnèrent des coups de masse dans le barrage en bois qui protégeait le vieux moulin des crues de la Seine. Les rondins cédèrent en un rien de temps et, aussitôt, un flot rugissant se déversa sur les berges boueuses.

– Quel est ce bruit ? sursauta le Lorrain.

L'eau s'infiltrait dans le sous-sol où il était retenu prisonnier avec Freluquet. Elle ruisselait également par les fissures des murs.

– Ils vont nous noyer ? demanda l'enfant en se rapprochant de son compagnon.

Celui-ci scrutait les murs à la recherche d'une issue.

– Tout de suite les grands mots, tenta-t-il de plaisanter. Disons qu'ils nous offrent un bon bain...

Son trait d'humour tomba à plat. Il était lui-même de plus en plus inquiet, même s'il essayait de le cacher à son jeune ami. L'eau jaillissait d'entre les briques en véritables petites cascades. En quelques minutes, son niveau atteignit un mètre de hauteur.

– On est mal partis, hein ? s'enquit Freluquet.

– Mais non, voyons. Un peu d'optimisme, que diable ! On finira bien par trouver une solution. Heu, à propos, tu sais nager ?

– Comme un poisson.

– Parfait. Maintenant, tu n'as plus qu'à apprendre à respirer sous l'eau.

– C'est malin !

Le Lorrain s'attaqua à la trappe à coups de poing, la poussa avec son dos, mais il n'y avait rien à faire. Cette sortie était bloquée. Freluquet le regardait en tremblant. L'eau montait jusqu'à sa poitrine. Elle était glacée.

– Viens, lui dit le cartouchien.

Il grimpa quelques marches sur l'escalier, conscient qu'il ne gagnait là qu'un bref répit.

– Dis, le Lorrain, je peux te poser une question ?

– Qu'est-ce que tu veux savoir ?

– Pourquoi vous vous détestez autant, Falconi et toi ?

Le jeune noble s'arrêta de pousser sur la trappe. Il avait les cheveux en désordre et le front dégoulinant de sueur.

– C'est une vieille histoire. Je ne peux pas dire que j'en sois très fier.

Son visage avait pris une expression à la fois triste et songeuse. Il ébouriffa la tignasse de Freluquet.

– Tu veux que je te la raconte ?

Le gamin hocha la tête. Le Lorrain jeta un dernier coup d'œil sur la trappe obstinément fermée. Il savait tout effort inutile. Monteiro et sa clique avaient fait ce qu'il fallait pour empêcher leur fuite.

– Au point où nous en sommes, soupira-t-il, en s'asseyant en haut de l'escalier.

Freluquet se blottit contre lui. L'eau continuait de monter. Dans quelques minutes, ce serait la fin pour les deux compagnons.

– Tout a débuté il y a plus de dix ans, révéla le Lorrain. J'étais l'élève du comte de Mansur, sans doute le plus grand maître d'armes de tous les temps. Falconi était aussi son disciple. Il avait déjà un talent certain pour l'escrime. À tel point que Mansur avait accepté de le prendre dans son école bien qu'il ne fût pas noble. Nous étions les meilleurs, Falconi et moi. Je ne dis pas

cela pour me vanter. C'est la vérité. Nos passes d'armes ressemblaient davantage à des affrontements qu'à des entraînements. Chacun voulait surpasser l'autre.

– Comment lui as-tu fait cette cicatrice ?

– Un peu de patience, Freluquet, j'y arrive. En ce temps-là, j'étais un jeune coq vaniteux. Je ne supportais pas l'idée de perdre... et pas seulement à l'épée.

L'eau continuait de se rapprocher, mais le garçon n'avait d'yeux que pour le Lorrain. Il écoutait son récit, fasciné, malgré l'imminence du danger.

– Falconi et moi courtisions une très belle jeune fille, Anne de Montsirac... Tous les jeunes gens lui faisaient la cour. Falconi était fou amoureux d'elle et... je pense qu'elle commençait à l'aimer aussi. Je ne l'ai pas supporté. J'ai agi par orgueil, et non par amour.

– C'est-à-dire ?

Le Lorrain avala sa salive, mal à l'aise. C'était le moment de l'histoire qu'il redoutait d'aborder.

– J'ai tout promis à Anne : mon nom, ma fortune, le mariage. Flattée, sa famille l'a poussée à ne plus revoir Falconi.

– Tu avais vraiment l'intention de l'épouser ?

– Non. Pour moi, ce n'était qu'un jeu… Quand j'ai su que j'avais gagné, j'ai dit la vérité à ma… « fiancée ».

Freluquet n'en revenait pas. Il n'aurait jamais imaginé que son ami puisse aussi mal se comporter.

– Anne n'a pas supporté cette humiliation, continua le Lorrain. Elle s'est embarquée pour le Nouveau Monde et je n'ai plus entendu parler d'elle.

– J'imagine que Falconi était furieux.

– Oui, et à juste titre. Il ne m'a jamais pardonné. Et, pour tout te dire, je ne me suis

jamais pardonné non plus. Mais je ne pouvais admettre ma faute. Toujours cette stupide fierté. Notre premier duel a eu lieu le lendemain du départ d'Anne. J'ai gagné. Je me suis contenté de blesser Falconi au visage alors que j'aurais pu le tuer. Après cette histoire, j'ai quitté ma famille, je suis parti à l'aventure... et puis j'ai rencontré Cartouche...

Les yeux de Freluquet brillaient et sa lèvre inférieure tremblait.

– Hé, tu ne vas pas y aller de ta larme, hein ? lança le Lorrain. Parce que, vu le niveau de l'eau, ce n'est pas la peine d'en rajouter.

En effet, les minutes qu'il leur restait à vivre se comptaient sur les doigts d'une main, à présent.

– Si j'ai bien compris, risqua Freluquet, le méchant de l'affaire, il y a dix ans, c'était toi ?

Le Lorrain esquissa un sourire.

– Eh oui... Mais les gens peuvent changer, tu sais... Certains deviennent meilleurs et d'autres au contraire sont à jamais marqués par la haine... J'ai choisi ma voie. Falconi a choisi la sienne.

Au même instant, l'ennemi juré du Lorrain se tenait dissimulé derrière un restant de digue, en compagnie de Cartouche. Le duo observait l'homme de Monteiro qui montait la garde devant le moulin.

– Ils sont là, murmura le balafré. Je ne m'étais pas trompé.

Il dégaina son épée d'un geste brusque. Cartouche l'arrêta d'un geste.

– Si nous faisons équipe, nous jouons selon MES règles, décréta-t-il. On ne tue personne, d'accord ?

Les deux « associés » s'affrontèrent du regard. Falconi céda finalement, rengainant son arme dans un mouvement rageur.

– Dans ce cas, tu passes devant, dit-il.

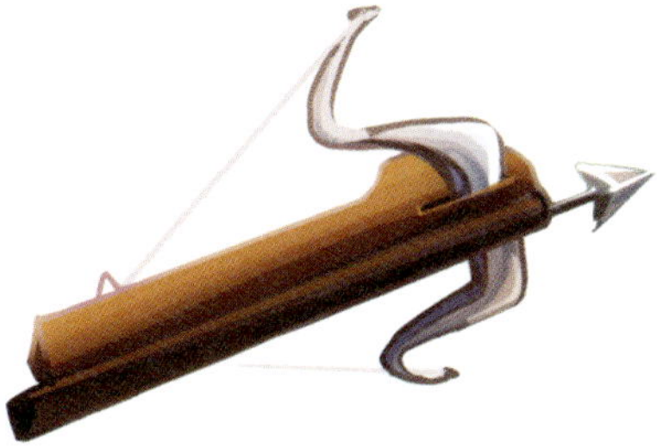

5

Confrontation finale

Monteiro et deux de ses hommes attendaient au rez-de-chaussée du moulin que l'eau ait terminé d'envahir le sous-sol. Des coups résonnaient contre la trappe, mais les forbans restaient sourds à ces appels au secours. Monteiro s'appuyait du coude sur le rebord d'une meule qui n'avait pas broyé de grain depuis des décennies. Ses sbires étaient assis sur les marches délabrées d'un escalier en colimaçon menant au grenier.

Soudain, un cri étouffé provenant de l'extérieur fit sursauter le trio, aussitôt suivi d'un bruit de chute.

Monteiro fit signe à ses comparses de se taire et leur ordonna de sortir voir ce qui se passait. Arbalètes en main, les bandits partirent chacun d'un côté. Ils étaient très nerveux et braquaient leurs armes vers les brèches des murs à chaque bruissement suspect.

Cartouche, qui était entré par un trou ouvert dans le toit, se laissa tomber face à Monteiro, resté seul non loin de la meule. Le Prince des faubourgs tenait dans ses mains l'arbalète qu'il avait prise au garde assommé à l'entrée.

– C'est dangereux, ces joujoux-là, siffla-t-il. Dites à vos amis de jeter les leurs. Tout de suite.

Attirés par cette voix inconnue, les deux hommes de main accoururent avant de se figer. Ils hésitaient, le doigt sur la détente de leur arme. Cartouche les regarda en aboyant :

– Allez, plus vite que ça !

Ce faisant, il commit l'erreur de quitter le barbu des yeux. D'un geste sec du poignet, celui-ci fit jaillir un poignard de sa manche et bondit. Il misait sur l'effet de surprise pour triompher, mais c'était sans compter sur les réflexes du Prince des faubourgs. Levant son arbalète, ce dernier protégea sa gorge et dévia l'assaut en un seul mouvement. Malheureusement, sous le choc, son arme lui fut arrachée des mains.

– Voici donc le célèbre Cartouche, je suppose ? railla Monteiro. Très impressionnant. Sauf que ce n'était pas prudent de venir. Surtout seul.

Cartouche leva les mains. Les deux arbalétriers le tenaient en joue, prêts à tirer. La situation ne prêtait guère à sourire et pourtant le jeune homme avait l'air calme, voire détendu.

– Qui vous dit que je suis venu seul ? fit-il.

On entendit le rapide sifflement de l'air fouetté par une lame, un éclat de métal brilla dans les ténèbres et l'un des bandits poussa un cri en portant la main à son poignet. Son arbalète tomba dans la gadoue. Monteiro se retourna. Falconi s'était glissé par l'entrée en silence avant de frapper par surprise. Monteiro glapit :

– Falconi ? Tu n'es... pas supposé...

– Être ici ? compléta le balafré. Eh bien, tu vois...

Il s'approchait, pareil à un chat affamé sur le point de dévorer une souris.

– Tu t'es servi de moi, dit-il, menaçant. J'ai horreur de ça.

– On peut trouver un arrangement..., essaya le barbu. Nous tenons Cartouche ! Je te le donne ! Tu n'as plus qu'à le livrer !

– C'est tentant. Mais, vois-tu, je ne suis pas venu marchander.

Monteiro cherchait des arguments. Il paraissait de plus en plus désemparé.

– Attends ! On ne va pas se battre ! Nous sommes tous les deux aux ordres du Régent !

– Et alors ? ricana Falconi. Je ne vois pas le Régent ici. Il n'y a que toi, tes sbires… et moi.

– Hé, ne m'oubliez pas, fit Cartouche avec un clin d'œil.

Le dernier arbalétrier pivota soudain en direction de Falconi. Le Prince des faubourgs lui donna un coup de coude au moment où il tirait. Dévié, le projectile qui aurait dû transpercer le balafré se ficha sous le plancher du grenier. Profitant de la confusion, Monteiro fonça vers l'escalier en colimaçon.

– Rattrape-le et trouve le Lorrain ! aboya Falconi en jetant un coup d'œil à Cartouche. Je me charge des deux autres !

Les deux hommes de main venaient de dégainer une dague. Pendant que Falconi les tenait en respect, Cartouche s'élança à la poursuite de leur chef. Celui-ci gravissait les marches vermoulues quatre à quatre en soufflant comme un phoque. Parvenu au grenier, il se mit à reculer. Il agitait son couteau sans grande conviction pour tenir Cartouche à distance.

– Reste où tu es, bandit ! dit-il, la voix tremblotante.

Il en fallait davantage pour impressionner le Prince des faubourgs. Il se jeta sur Monteiro en serrant le bras armé du forban dans l'étau de sa main. Conscient qu'il perdait l'avantage, Monteiro changea de tactique. Un petit mécanisme fit s'ouvrir la bague qu'il portait à la main gauche. Approchant le bijou de ses lèvres, il souffla un nuage poudreux au visage de son adversaire, qui recula en toussant et en se frottant les yeux.

– Poussière de diamant ! ricana Monteiro. Luxueux pour un vulgaire voleur, mais à la guerre comme à la guerre !

Au même moment, Falconi affrontait les hommes du barbu tout en maudissant intérieurement Cartouche. Sa promesse de ne pas faire de morts chez l'ennemi lui compliquait la tâche. Il devait retenir ses coups, se contentant de rester sur la défensive, alors qu'il était habitué à attaquer sans répit. Seules son agilité et sa vitesse foudroyante lui permettaient de parer de front les lames des dagues quand elles fondaient sur lui en même temps. Lorsqu'il ripostait, le balafré se bornait à taillader les vêtements des bandits, à les égratigner, alors qu'il aurait pu les embrocher comme des poulets. C'était rageant au possible !

Un étage plus haut, Monteiro ne faisait pas preuve de la même retenue. Son couteau fendait l'air et Cartouche, aveuglé, ne pouvait que reculer devant ces assauts furieux. Monteiro jubilait. Il allait tuer le Prince des faubourgs. Il se voyait déjà récompensé par le Régent : il recevrait des terres, peut-être même un titre de noblesse, et surtout de l'argent. Oui, beaucoup d'argent ! Le barbu aurait mieux fait de rester concentré, car, les effets de la poudre dissipés, Cartouche se ressaisit rapidement. D'une manchette fulgurante, il désarma son ennemi et lui expédia un coup de poing dans le menton. Monteiro chancela, sonné. Cartouche l'attrapa par le col.

– Maintenant tu as intérêt à me dire où se trouve le Lorrain !

– C'est trop tard, cracha le barbu. Ton ami et le petit sont sans doute déjà morts, à l'heure qu'il est !

Fou de rage et de douleur, Cartouche projeta le fourbe contre une poutre de soutènement qui se brisa sous la force de l'impact. Une partie du toit charpenté s'écroula, entraînant dans sa chute tout un pan du grenier. Le Prince des faubourgs se jeta en arrière alors que son adversaire disparaissait dans un nuage de poussière et de morceaux de bois.

Au sous-sol, le Lorrain et Freluquet ne respiraient plus que grâce à une mince poche d'air qui se réduisait de seconde en seconde. Ils entendirent un fracas terrible et, soudain, un trou apparut dans le plancher défoncé par des tonnes de débris.

– Sauvés ! glapit le jeune noble.

Et il nagea jusqu'à cette brèche inespérée en coinçant sous un bras son petit camarade à moitié évanoui. Tous deux sortirent du trou, trempés, sonnés mais vivants. Le Lorrain s'attendait à voir son chef, ou Galichon, ou Fleur d'Épine, au lieu de quoi son regard tomba sur Falconi, toujours aux prises avec les hommes armés de dagues. Malgré son incroyable talent d'escrimeur, le balafré, qui devait combattre deux adversaires en même temps, commençait à fatiguer. Il cédait du terrain et était de plus en plus près de recevoir un coup de lame.

– Pour une fois, je suis content de te revoir, Falconi ! lança le Lorrain en récupérant son épée qui était posée contre la meule.

D'une rotation du poignet, il désarma un premier bandit. Falconi se contenta d'un hochement de tête en guise de remerciement. Le second homme de main préféra s'enfuir, effrayé par ce renfort inattendu.

Cartouche, qui descendait ce qui restait de l'escalier en colimaçon, s'écria :

– Ah, mais voilà mes amis ! Tout est bien qui finit bien, donc !

Au même moment, une silhouette émergea d'un tas de décombres. C'était Monteiro, gris de poussière, hoquetant et mal en point. Falconi fit trois pas dans sa direction. Une envie de meurtre se lisait dans ses yeux d'un noir profond.

– Souviens-toi de ton serment, lui rappela le Prince des faubourgs.

Le balafré s'immobilisa, rigide comme une statue. Monteiro n'osait plus respirer.

– Je te préviens, Falconi, je vendrai chèrement ma vie, dit-il.

Mais il n'y croyait pas lui-même.

Alors, l'homme en noir se pencha, colla sa face blême à deux centimètres du barbu... puis il souffla :

– Bouh !

Terrifié, Monteiro sortit du moulin en courant et disparut dans la nuit.

Cartouche prit un air faussement compatissant :

– Je n'aimerais pas être à sa place quand le Régent va lui mettre la main dessus. Il est bon pour vingt ans de galères...

Il tendit la main vers Falconi et reprit :

– Bien, ravi d'avoir collaboré avec toi sur cette affaire. Au plaisir de...

– En ce qui me concerne, ce n'est pas terminé, le coupa le bras droit de Philippe d'Orléans.

Tout en prononçant ces mots, il gratifia le Lorrain d'un regard haineux.

– Tu avais donné ta parole, rétorqua Cartouche.

– Et je l'ai tenue. Tes amis sont sains et saufs. Ce qui marque la fin de notre association.

Le Prince des faubourgs ouvrit la bouche pour protester de nouveau.

– C'est inutile, Cartouche, l'arrêta le Lorrain. Il ne renoncera pas. Et moi non plus, d'ailleurs.

Les deux ennemis jurés se mirent en garde. Le moment avait quelque chose de tragique et de solennel.

Freluquet, qui avait complètement recouvré ses esprits, tira Cartouche par la manche :

– Fais quelque chose, je t'en prie.

Mais Cartouche ne bougeait pas. Le Lorrain soupira :

– Je n'aurai peut-être plus l'occasion de te le dire, Falconi, mais je regrette.

– Je me moque de tes regrets ! riposta l'homme en noir.

Les lames s'entrecroisèrent avec une puissance terrible. Cette fois, c'était un duel à mort qui s'engageait.

Quelque chose vint soudain percuter les épées, brisant net leur lame. Un carreau d'arbalète ! Les adversaires, surpris, pivotèrent en direction de Cartouche qui tenait encore l'arme calée contre son épaule, en position de tir.

– Navré, Messieurs, grinça-t-il, mais j'ai eu mon compte de duels pour aujourd'hui. Alors à moins que vous ne soyez capables de vous improviser forgerons pour réparer vos épées, il faudra vous entretuer un autre jour.

Freluquet ne quittait pas Cartouche des yeux, plein d'admiration. Les duellistes affichaient au contraire une surprise outrée. Jetant leurs armes maintenant inutiles, ils s'avancèrent l'un vers l'autre, poings serrés, et échangèrent les premiers coups dans la foulée. Cartouche haussa les épaules, philosophe :

– Bon, c'est tout aussi idiot comme sport, mais au moins c'est plus inoffensif.

Au bout d'un quart d'heure, les combattants commencèrent à donner des signes de fatigue. Ils étaient couverts de bleus, d'écorchures et avaient les jointures des doigts douloureuses à force de frapper. Au bout d'une demi-heure, ils tenaient à peine sur leurs jambes. Pendant ce temps, Cartouche mangeait une pomme et jouait aux osselets avec Freluquet. Il n'écoutait que d'une oreille le Lorrain et Falconi qui gémissaient, épuisés. Le troisième quart d'heure était à peine entamé quand les deux boxeurs à bout de forces s'effondrèrent.

– Un point partout ! dit Cartouche en jetant son trognon.

Épilogue

– Cartoufe, tu me paieras fa, ve te le promets, grimaça le Lorrain.

La joyeuse bande du Prince des faubourgs s'était réunie au dernier étage de son auberge préférée. Fleur d'Épine appliquait des compresses sur le visage tuméfié du Lorrain. Visiblement, ce dernier n'avait pas digéré la conclusion de sa dernière aventure.

– À cauve de toi, ve peux dire adieu à mes profains rendez-vous galants ! Ouille !

– Que tu es douillet ! rigola la belle rousse.

Cartouche sourit :

– Allons, le Lorrain. On ne verra plus rien dans deux jours. Tu pourras à nouveau jouer les jolis cœurs. Quant à notre ami Falconi, je suis sûr que nous recroiserons bientôt sa route et vous aurez alors tout le loisir de vous affronter de nouveau.

– Je trouve que cette tête cabossée te va plutôt bien, plaisanta Freluquet. Cela te donne un côté... aventurier !

– Toi, attends que ve te tire les voreilles, gronda le jeune noble en se levant de sa chaise.

Ce mouvement brusque lui arracha un couinement de douleur, et il se rassit, piteux, sous les éclats de rire de ses camarades.

Une ambiance tout autre régnait dans l'atelier de Philippe d'Orléans, quelques lieues plus loin. L'endroit était sombre et sinistre, à l'image du ténébreux personnage qui se tenait devant le Régent, toujours occupé à bricoler l'un de ses automates miniatures.

– Ne refaites jamais ça, Votre Majesté, déclara Falconi d'une voix de givre.

Le Régent leva les yeux de son travail sans se montrer le moins du monde impressionné par cette menace à peine voilée.

– Je vous respecte, poursuivit Falconi, mais ne tentez plus jamais de vous immiscer dans mes affaires privées. Je ne suis pas l'une de vos marionnettes.

Une sorte de roucoulement amusé s'échappa de la gorge du gros homme :

– En êtes-vous réellement convaincu, mon ami ? Sans moi, vous ne seriez qu'un mercenaire sans avenir. Vous n'existez que par moi, Falconi. Vous êtes mon ombre.

Il se pencha sur l'automate, remonta son mécanisme et ajouta :

– J'ai pris bonne note de votre requête. Allez, vous pouvez disposer.

Furieux, Falconi s'inclina rapidement et disparut par un passage secret aménagé entre deux tentures.

Le Régent sourit et actionna son jouet. Au son d'une bizarre mélodie dissonante, le pantin marcha jusqu'à un coin du bureau éclairé par un mince rayon de soleil. C'était un escrimeur modèle réduit, qui exécutait de gracieux mouvements de combat.

Son visage sculpté rappelait étrangement celui de Falconi.

La Seine

Les Parisiens qui vivaient à l'époque de Cartouche avaient l'habitude de boire l'eau de la Seine. En 1605, une pompe, dite « pompe de la Samaritaine », fut installée sur le Pont-Neuf. Elle fonctionna jusqu'en 1813. Une autre pompe, située sur le pont Notre-Dame, fonctionna de 1673 à 1858. Les porteurs d'eau livraient à domicile l'eau puisée dans le fleuve ou prise aux fontaines publiques. Ils ne disparurent qu'à la fin du XIXe siècle. Aujourd'hui, près de la moitié des Parisiens reçoivent, en ouvrant leur robinet, de l'eau collectée dans la Seine mais aussi dans la Marne, l'Oise et l'Essonne.

La plus haute crue de la Seine eut lieu en 1658, une cinquantaine d'années avant les aventures de Cartouche. Mais celle qui est restée dans les mémoires, car elle a été immortalisée par de nombreuses photos, est la crue de 1910. Des cartes postales montrent ainsi des Parisiens se déplaçant en barque dans les rues inondées de la capitale.

Dans la collection

Cartouche

découvre :

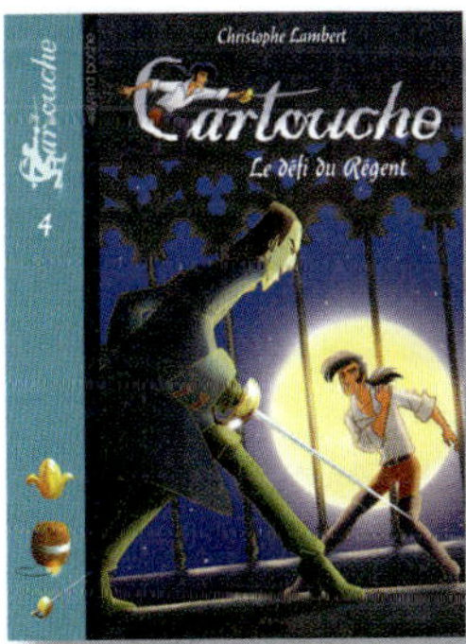

HÉROS DE LÉGENDE

PUBLICITÉ

Des épopées à vous couper le souffle !

Les aventures passionnantes de ces hommes dont la vie est entrée dans la légende.

bayard

À partir de 10 ans En librairie, 4,90 €